U0536500

◎《中华诗词》类编

山水田园诗词三百首

《中华诗词》杂志社 编

中国书籍出版社
China Book Press

图书在版编目（CIP）数据

山水田园诗词三百首 /《中华诗词》杂志社编. ——北京：中国书籍出版社，2022.10
（《中华诗词》类编；3）
ISBN 978-7-5068-9206-3

Ⅰ.①山… Ⅱ.①中… Ⅲ.①诗词—作品集—中国—当代 Ⅳ.①I227

中国版本图书馆CIP数据核字（2022）第175390号

山水田园诗词三百首
《中华诗词》杂志社　编

策划编辑	师　之	
责任编辑	宋　然	
责任印制	孙马飞　马　芝	
封面设计	张亚东	
出版发行	中国书籍出版社	
地　　址	北京市丰台区三路居路97号（邮编：100073）	
电　　话	（010）52257143（总编室）　（010）52257140（发行部）	
电子邮箱	eo@chinabp.com.cn	
经　　销	全国新华书店	
印　　刷	廊坊市金虹宇印务有限公司	
开　　本	787毫米×1092毫米　1/16	
字　　数	116千字	
印　　张	10.25	
版　　次	2022年10月第1版　2022年10月第1次印刷	
书　　号	ISBN 978-7-5068-9206-3	
定　　价	432.00元（全9册）	

版权所有　翻印必究

目录

程光锐 | 金缕曲·镜泊湖秋夜 1
侯孝琼 | 临江仙·清远 1
刘庆云 | 长相思·与友人登云麓宫 2
熊东遨 | 僧尼峰 2
熊盛元 | 八声甘州·甲戌仲春，龙虎山雅集，与诸师友泛
　　　　筏芦溪 3
冯其庸 | 风雪中登嘉峪关城楼 3
刘　征 | 登南岳祝融峰 4
段晓华 | 卖花声·题岳阳楼 4
星　汉 | 往永宁路上即事 5
秦中吟 | 喜乘羊皮筏 5
王亚平 | 水调歌头·车过天山 6
王　蒙 | 蒙伊犁情·八月 6
张福有 | 仙人洞 7
乐本金 | 一剪梅·插秧 7
徐长鸿 | 秋日过葡萄之乡 8
孙轶青 | 游石钟山 8
沈　鹏 | 古纤道 9
蒋有泉 | 黄果树瀑布 9
徐晋如 | 还乡 10

周　游 | 黄花岛　10

张　结 | 登鹳雀楼感作　11

丁　芒 | 登新修鹳雀楼　11

王德虎 | 鹳雀楼　12

傅如一 | 水调歌头·万家寨引黄工程走笔　12

王守仁 | 贺新郎·有感李昌平为民上书国务院　13

凌世祥 | 棉收时节　13

林　锴 | 游普救寺，宿西厢宾馆　14

蔡厚示 | 五云峰口占　14

丁垂赋 | 西江月·农家汉子　15

张文廉 | 游利国驿　15

吴华山 | 田居　16

郭定乾 | 放鹅　16

蔡永哲 | 河西女　17

毛谷风 | 花园口过黄河大桥　17

袁第锐 | 浣溪沙·榆中采风　18

林丛龙 | 姜女庙　18

薛胜保 | 初入诗庄遇雨　19

段葆祥 | 车过岳阳余三十年前曾在此参加三线建设　19

陶文鹏 | 月牙泉　20

廖国华 | 山乡短笛　20

滕伟明 | 南沙　21

陈逸卿 | 锦州北湖公园　21

林家英 | 浣溪沙·延安枣园漫想　22

宣奉华 | 淮河笔会　22

张岳琦 | 潇湘行思　23

| 蔡淑萍 | 浣溪沙·宿重庆北温泉竹楼　23
| 董　澍 | 芦沟落日　24
| 武正国 | 登长白山　24
| 李善阶 | 秋波媚·边塞抒怀　25
| 吕子房 | 长相思·漓江上　25
| 段　坚 | 长相思·农忙　26
| 赵京战 | 神农祭坛　26
| 戴　伟 | 观树荫下向日葵感赋　27
| 郑　力 | 成山头观海　27
| 叶玉超 | 东湖　28
| 周峙峰 | 垂钓　28
| 万朝奇 | 重回呼伦贝尔　29
| 周燕婷 | 春泛小漓江　29
| 高　昌 | 采桑子·神女峰（用舒婷题）　30
| 李树喜 | 临江仙·玉溪界　30
| 胡成彪 | 秋山晚行　31
| 何运强 | 挖野菜　31
| 韩　宇 | 登山口占　32
| 杨学军 | 登井冈山　32
| 李静凤 | 腾格里沙漠骑骆驼　33
| 孙振德 | 农家夜宿　33
| 刘　章 | 丹江湖颂　34
| 郑伯农 | 江城子·重访恩施　34
| 汪梦之 | 一个老农的欢歌　35
| 王如芝 | 做客藏家　35
| 李增山 | 重走雁门关　36

袁人瑞 | 咏家乡绿化　36

刘宝安 | 登山海关老龙头　37

陈显赫 | 上恒山会仙府　37

王充闾 | 凭吊地震遗址　38

江　岚 | 过唐山南湖生态城登凤凰台　38

赵宝海 | 菩萨蛮·航化作业　39

马识途 | 满庭芳·庐山松林晚照　39

欧阳鹤 | 南乡子·黄叶村曹雪芹故居　40

周兴俊 | 鹧鸪天·海林湖畔　40

周清印 | 秦皇岛抒怀　41

邵惠兰 | 谒问心碑　41

胡社桥 | 竹园村记事　42

南东求 | 临江仙·乡居　42

王善峰 | 鹧鸪天·前村荷塘经年无花作　43

胡文明 | 登黄鹤楼　43

姜　彬 | 沼山天门关感怀　44

蔡圣波 | 登乐清灵山　44

令狐安 | 登望京楼　45

沈华维 | 鹧鸪天·黄金海岸　45

王玉明 | 海滨秋韵　46

杨金亭 | 烟台即兴　46

王　青 | 虞美人·网络蹿红的打工人　47

李克穆 | 采桑子·望海　47

沈天鸿 | 清明登振风塔　48

屠　岸 | 登景山万春亭　48

李文朝 | 沁园春·北大荒　49

周笃文 | 水调歌头·下三峡　49

韦树定 | 木兰花慢·过衡水郊区　50

杨洪源 | 华清池　50

南广勋 | 卜算子·桃源行　51

刘献琛 | 水调歌头·井冈山　51

罗　辉 | 长白山旅怀　52

丁　梦 | 浣溪沙·朱家角风情　52

熊　韬 | 登云台山　53

张脉峰 | 仙人洞　53

苏厚义 | 山行　54

李凤岐 | 望黄山人字瀑　54

钟家佐 | 水调歌头·三访长白天池　55

潘朝曦 | 登高——游世界屋脊感赋　55

叶元章 | 山居杂诗　56

谢启明 | 游鸭绿江　56

杨承大 | 临江仙·山海关　57

郑欣淼 | 登嘉峪关城楼　57

岳如萱 | 清平乐·长寿湖　58

张桂兴 | 瓜州渡口　58

王改正 | 皋兰山　59

晨　崧 | 胭脂美人　59

李一信 | 卜算子·暮登皋兰山　60

邓世广 | 天目湖观荷　60

田凤兰 | 武当山游　61

武立胜 | 鹳雀楼晚眺　61

范峻海 | 花甲回乡挖野菜　62

刘麒子｜太行山王莽岭采风　62

赵仁珪｜谒柳侯祠　63

范诗银｜雨霖铃·美在宜州　63

刘如姬｜登山　64

潘　泓｜北海　64

杨逸明｜访蒲松龄故居　65

罗福江｜海钓　65

布凤华｜登鹳雀楼　66

张晓虹｜卜算子·金鞭溪　66

王振远｜探黄龙洞　67

马天豪｜庐山三叠泉　67

郭少威｜菜园小曲　68

张　冰｜西湖泛舟　68

徐　红｜登张家界天子山　69

朱　彦｜春耕　69

耿建华｜渔夫　70

张金英｜菜园偶成　70

赵安民｜一剪梅·新疆边境农场印象　71

隋鉴武｜山行望玉兰花开　71

林　岫｜踏莎行·南京夫子庙题桃花扇赋香君事　72

李栋恒｜游贵州兴义万峰林　72

黄小甜｜【中吕·山坡羊】张家界"金鞭"传说　73

高立元｜与战友乘游轮雨中自渝州下宜昌　73

雍文华｜谒谭嗣同故居　74

何　鹤｜浣溪沙·临淄石佛堂生态蔬菜园　74

甄秀荣｜一剪梅·春晨风雨　75

吴宝军 | 八角楼　75

叶晓山 | 颂韶山小路　76

王海娜 | 浣溪沙·春日原野　76

刘能英 | 摊破浣溪沙·野趣　77

段　维 | 临江仙·坝上秋色　77

李元洛 | 瞭望台　78

赵焱森 | 登岳阳楼　78

徐新国 | 一剪梅·梁山　79

刘庆霖 | 壶口看黄河　79

张克复 | 登饮马大峡谷观景台　80

魏新河 | 灵山龟溪漫步　80

王纪波 | 登黄山　81

张君嘉 | 大峡谷　81

何云春 | 访海南千年盐场未成有感　82

彭崇谷 | 秋日望城观音湖观钓　82

郭友琴 | 回乡　83

鲍　平 | 春日　83

张明新 | 天柱山狂想　84

冯恩利 | 苗木基地　84

马明德 | 游钓鱼台　85

刘　川 | 登笔架山　85

张金锐 | 一剪梅·在潜河畔　86

胡迎建 | 汪湖九龙瀑　86

张积慧 | 浣溪沙·天鹅湖畔人家　87

胡宁荪 | 南乡子·乡间旧忆捉鱼　87

宋彩霞 | 望梅花·踏雪寻梅　88

苏　俊 | 泰州梅园　88

侯李平 | 采茶姑娘　89

何其三 | 临江仙·采莲女　89

关波涛 | 望江楼　90

林　峰 | 水调歌头·甘肃永泰龟城遗址　90

张存寿 | 采桑子·黄洋界　91

曹初阳 | 春游庐山西海柘林湖　91

刘　斌 | 夏日　92

张　栋 | 清平乐·秋野　92

荣瑜芝 | 玉岭人家　93

梁孝平 | 水上公园拾趣　93

王海亮 | 崂山仰口　94

苏建华 | 故里行　94

杨月春 | 荷塘采风　95

潘洪信 | 沂山　95

朱超范 | 苏堤春晓　96

安洪波 | 出游　96

王逸群 | 洞庭湖　97

郑邦利 | 上庐山　97

刘鲁宁 | 游乌衣巷　98

杨　强 | 访船山故居　98

包　岩 | 沁园春·观樊公山水　99

莫真宝 | 北川新城商业街印象　99

陈思明 | 傍晚闲步庐山花海　100

安全东 | 温江幸福田园小游得句　100

章雪芳 | 牛头山水库船搁浅滩　101

盖涵生 | 钱江源　101

宋炳龙 | 渔家傲·洱海渔姑　102

陈仁德 | 大巴山　102

蔡世平 | 际溪钓趣　103

朱思丞 | 再游黄鹤楼　103

张伟超 | 青岩古镇　104

邹国荣 | 乡居漫吟　104

张天夫 | 春至　105

石达丽 | 游百花山遇雷雨　105

张景芳 | 故乡小桥　106

陆玉梅 | 菩萨蛮·回乡　106

徐耿华 | 【南仙吕·醉罗歌】滑县西湖　107

钱志熙 | 西环海滨公园　107

王建强 | 清平乐·田园居　108

周啸天 | 吊刘禹锡墓　108

李兴来 | 游青城山得句　109

刘　博 | 忆少年·东湖小景　109

褚宝增 | 观莲花世界　110

韩倚云 | 靖安镇竹溪人家　110

姚泉名 | 鹧鸪天·井冈山　111

尹彩云 | 长相思·梨花　111

赵义山 | 【正宫·塞鸿秋】重游青莲乡太白故居记感　112

胡　彭 | 月下笛·在高密夏庄镇村民文化中心戏剧活动室
　　　　　吹笛　112

周学锋 | 深圳莲花山谒邓公铜像　113

蒿　峰 | 忆秦娥·海晏县　113

沈利斌 | 入剡　114

耿立东 | 赋得都匀山顶风车聊赠援藏诸友　114

伍锡学 | 题桂香荷园农庄　115

梅　岱 | 登中原第一高楼述怀　115

秦　凤 | 新村有寄　116

梅　里 | 【正宫·鹦鹉曲】左右山谷　116

凌泽欣 | 黔东南入苗寨所遇　117

钟振振 | 登悉尼大桥观海日东升　117

马　凯 | 游麦积山石窟（三首）　118

何　江 | 临清宛园　119

唐双宁 | 黄河　119

崔杏花 | 植树　120

孔祥庚 | 浣溪沙·玉溪高古楼　120

赵润田 | 游菏泽牡丹园　121

成文生 | 六盘山下　121

郭羊成 | 雄安白洋淀　122

蒋定之 | 满庭芳　122

温　瑞 | 田家即事　123

邢建建 | 黄河口　123

王晓春 | 【中吕·山坡羊】菜园劳作　124

周文彰 | 五指山　124

冉长春 | 宣汉马渡关李依若故居旁水塘　125

楚家冲 | 湘西　125

罗金龙 | 沈园　126

刘爱红 | 登五指峰　126

李荣聪 | 游牛卯坪新村　127

邹积慧｜三亚河畔   127

吴兰卿｜国际慢城南京高淳   128

孟建国｜鹧鸪天·巴山深处   128

孙义福｜引黄济青工程   129

李元洛｜山溪问答   129

茍德麟｜谒杜甫陵园   130

李赞军｜月牙泉   130

胡　宁｜临江仙·骆驼刺   131

郑　欣｜月牙泉写意   131

杨鹏飞｜夏夜城郊行   132

张亚东｜游湘湖   132

李伟亮｜临江仙·庚子秋游湘湖   133

李　洋｜山中   133

倪健民｜西湖柳浪闻莺   134

南彦龙｜宝鸡峡   134

林建华｜兰陵压油沟   135

孙和平｜巴山古渡   135

阎兆万｜耕田翁   136

胡占凡｜忆秦娥·过瓜州古渡   136

江合友｜滹沱午后遇雨   137

李创国｜再游临高角   137

张智深｜登钱塘江六合塔   138

郭顺敏｜巨淀湖游记   138

李葆国｜重访雁荡大龙湫抒怀   139

胡长虹｜秋稻   139

王志伟｜山村见农家小摊   140

何　革｜肖家寨桃园　140

金　旺｜重过栖霞燕地河大桥　141

陈正印｜游凤湖公园　141

汪冬霖｜登刘公岛旗顶山炮台　142

李　涛｜【仙吕宫·一半儿】陕北农家夏景　142

金　中｜镰仓文学馆庭园即景　143

王国钦｜宁夏中华黄河楼　143

樊　令｜水调歌头·斤岭古道　144

璐雨诗｜行香子·庐山锦绣谷　144

秋　枫｜家乡　145

赵忠亮｜春雨后作　145

李建春｜游河津龙门　146

周兴海｜插秧后　146

黄　湾｜桃花　147

张谷一｜九鲤湖寻梦记　147

蔡　竞｜梓潼长卿山下首宿"两弹城"专家旧居　148

李福祥｜【中吕·普天乐】乡村生态修复　148

程光锐

金缕曲·镜泊湖秋夜

牡丹江市"九一""镜泊金秋"诗会，南北诗人云集鹿苑岛上。湖畔夜赏，清景无限。当地传说，渔女红罗不攀高枝，情嫁湖山，逸韵与水月共澄澈。此情此景，天上人间？何当赋之。

悄悄湖山静。又金风，嫦娥寂寞，桂花宫冷。飞下婵娟秋泊戏，荡破琼瑶千顷。出碧水，惊鸿照影。云鬟披离长裙曳，对澄波胜似菱花映。镜泊美，忘归乘。　　美堪吟咏。恰相逢，诗兴会，漫歌清景。谁赋红罗渔家女，菡萏临风玉净。尘不染，芳心耿耿。此韵可曾天上有，但今番喜自人间听。湖入梦，月还醒。

1994年创刊号

侯孝琼

临江仙·清远

百里平畴清梦远，三年骤换新颜。层楼拔地欲摩天。有山皆赭玉，无水不清泉。　　可意飞霞留客住，玉堂春暖庭轩。同寻幽径一登攀。今朝风日好，微醉亦陶然。

注：广东清远盛产陶土、矿泉水。又飞霞山有树名玉堂春。

1994年创刊号

刘庆云

长相思·与友人登云麓宫

黄沙堤,白沙堤,十里瀛洲望眼迷,逶迤湘水低。
三蛾眉,两须眉。杖履吟讴下翠微,清音绕酒旗。

1994年创刊号

熊东遨

僧尼峰

两小无猜大有猜,不伤风化便伤怀。
山花似解情滋味,竟向僧尼顶上开。

1994年创刊号

熊盛元

八声甘州·甲戌仲春，龙虎山雅集，与诸师友泛筏芦溪

伴吟俦远道御风来，乘槎下芦溪。正一篙波暖，群山雾敛，万树花披。峭壁棺悬千古，指点到今疑。羞女无言处，泄漏天机。　　休唱当年怨曲，怕僧尼梦醒，魂也凄迷。泻汍澜珠泪，绿涨玉梳池。望丹崖、城空仙查，怅飞红、都入燕巢泥。疏林外，渐斜阳暮，忍听鹃啼？

1994年创刊号

冯其庸

风雪中登嘉峪关城楼

天下雄关大漠东，西行万里尽沙龙。
祁连岳色连天白，居塞烽墩接地红。
满目山河增感慨，一身风雪识穷通。
登楼老去无穷意，长笑扬鞭夕照中。

1994年第10期

刘　征

登南岳祝融峰

长松十万啸天风，路转山回上祝融。
行到眼空无一物，始知身在最高峰。

1995年第5期

段晓华

卖花声·题岳阳楼

　　烟水渺秋寒，遍倚危栏。城陵不见况长安！冷眼登临熙攘处，谁解忧欢？　　袅袅暮云还，遮却君山，波心一样挽愁鬟。仙客骚魂呼不起，沉醉人间。

1995年第5期

星　汉

往永宁路上即事

银川三日雨，酿就一天秋。
山缺白云到，渠横黄水流。
塘鱼鼓波细，塞雁叫声柔。
稻浪浮诗句，驱车我尽收。

1996年第1期

秦中吟

喜乘羊皮筏

黄水滔滔烈马腾，大河有意试群英。
诗家骑贯行空马，筏上坐成独秀峰。
喜乘东风催巨浪，漫将雅韵助豪情。
兴来只欲游江海，万里航行不计程。

1996年第1期

王亚平

水调歌头·车过天山

扰我梦魂久，今日喜相逢。连呼快觅诗去，趁此雾朦胧。结伴驱车直上，仄仄平平云径，花放异香浓。崖畔好风细，树杪日初红。　　攀绝壁，过断涧，倚长松。一声清啸，霓霞拥我上冰峰。一览群山尽小，云起云飞如画，万里快哉风。兴发思题壁，笔落气如虹。

1997年第1期

王　蒙

蒙伊犁情·八月

青山青水绕青杨，果海瓜山土亦香。
八月犁情情似醉，叫人浑不忆家乡。

1998年第6期

张福有

仙人洞

一入奇门赏洞天，寻幽览胜自飘然。
白山腹内三千界，碧水宫中五十弦。
得道真君心坦荡，含情仙子意缠绵。
劝君迷境莫忘返，怕是人间已百年。

1999年第1期

乐本金

一剪梅·插秧

　　滴翠青秧似画帘，桃欲争妍，李欲争妍。花衫如蝶扑秧田，笑语清甜，歌更清甜。　　晚照明霞接暮烟，累在田间，乐在心间。农家妹子竞争先，抢个晴天，绣个春天。

1999年第2期

徐长鸿

秋日过葡萄之乡

树影楼光梦亦真,乡容浣尽旧时贫。

山前藤结云千顷,树外塘开月一轮。

遍野香风裁紫玉,满园笑语荡红裙。

笛声何处轻车返,边贸归来出国人。

孙轶青

游石钟山

石钟山上喜留踪,星砚黄书翰墨情。

重解东坡游记理,深知多问是先生。

沈　鹏

古纤道

百里长堤百里绳，无情山水对孤征。

巴船下峡船夫曲，一样沈雄激越声。

2000年第1期

蒋有泉

黄果树瀑布

飞流奔泻彩虹环，云涌雷鸣撼万山。

疑是银潢成逆转，好输元气到人间。

2000年第2期

徐晋如

还 乡

可能无恙对澄波，终古骚心奈网罗。
排闼青山和梦老，盈头白发胜情多。
齐东野父逢春恨，洛上伊人照影讹。
自是相忘忘便好，早应飘逝杳随歌。

2000年第5期

周 游

黄花岛

黄花小岛近端阳，燕剪清流水带香。
岗地金针一幅画，芳菲醉我水云乡。

2001年第6期

张　结

登鹳雀楼感作

胜地初来似旧游，牵心往事几春秋。
铁牛水漫成陈迹，鹳雀巢倾委废丘。
虎旅南征开伟业，大河东去动雄讴。
眼前突兀云楼立，谁敢题诗最上头？

2002年第6期

丁　芒

登新修鹳雀楼

收来当代三重瓦，再造初唐鹳雀楼。
穷目九千云外路，吾今一抱有神州。

2002年第6期

王德虎

鹳雀楼

千里来寻鹳雀楼，云霞舒卷绕檐头。
唐诗绝唱标风韵，恰似黄河万古流。

2002年第6期

傅如一

水调歌头·万家寨引黄工程走笔

挽起黄河水，翻越吕梁山。蜿蜒南北千里，着意唤春还。怜取炎炎渴土，盼得涓涓甘露，青翠拥雄关。再唱走西口，泪眼尽开颜。　　汉皇梦，中山恨，督军寒。千秋万代宏愿，依旧枕荒滩。谁是擒龙高手，打造中流砥柱，汾水卷新澜。试看万家寨，灯火入云端。

2003年第1期

王守仁

贺新郎·有感李昌平为民上书国务院

　　湖北监利县棋盘乡党委书记李昌平上书国务院："农民真苦，农村真穷，农业真危险。"国务院领导批示此信后，各级政府工作组深入该乡农村，解决减负问题，群众闻之喜笑颜开。

　　感慨流清涕。念农民，躬耕岁月，一锄风雨。杂税苛捐难承重，背井离乡异地。几许怨，蒙谁倾叙。农业当今真危险，语惊人，耳畔闻霹雳。江水号、雪涛急。　　忠肝义胆怜民吏。舞龙蛇，上书敢谏，满身豪气。岂是无能空忧虑？苦患情牵总理。指示紧，车忙民喜。公仆都怀昌盛愿，想中华，鼓跃腾云翼。春雨润，远山碧。

2003年第1期

凌世祥

棉收时节

　　陌上娇声笑语稠，新棉如雪染山头。
　　村姑竞摘未留意，误把浮云一篓收。

2003年第1期

林　锴

游普救寺，宿西厢宾馆

情天一阕亦匆匆，付与伽陀几杵钟？
昨夜西厢残梦醒，月扶花影过墙东。

2003年第2期

蔡厚示

五云峰口占

五云峰上足淹留，红叶黄花灿素秋。
远接终南临渭水，江山为我闪明眸。

2003年第2期

丁垂赋

西江月·农家汉子

不管雨晴昏晓，那分冬夏春秋。地头忙罢又田头，累了半斤烧酒。　　手茧如同厚土，额纹恰似犁沟。愿将辛苦换丰收，归伴满天星斗。

2003年第2期

张文廉

游利国驿

千秋冶炼耿星辰，微子湖东乱紫云。
古驿新姿看不厌，绿杨徐入小康村。

2003年第4期

吴华山

田 居

共花生树燕双飞,时有山鹰俯翠微。
岭北村南铺锦绣,新秧刺水走轻雷。

2003年第7期

郭定乾

放 鹅

放鹅长竿一曲歌,门前放眼好山河。
农夫也有羲之好,春草青青放白鹅。

2003年第7期

蔡永哲

河西女

三月桃花入梦中，河西道上已春风。

焉支山下焉支女，不抹胭脂颊自红。

2003年第8期

毛谷风

花园口过黄河大桥

九曲黄河浪卷沙，千秋乳汁哺中华。

飞车今过花园口，不见风帆接海涯。

2003年第9期

袁第锐

浣溪沙·榆中采风

再到名山百感生，两峰如黛暮云平，几多惆怅对轩楹。

裙屐无踪三径杳，雁行空听一声轻，萧疏白发梦长庚。

2003年第11期

林丛龙

姜女庙

楚人早炬祖龙城，姜女千秋享令名。
权重位高何足恃，民心向背是天平。

2003年第11期

薛胜保

初入诗庄遇雨

一入诗庄心自闲，清风明月尽相关。

多情更有过云雨，洗我征尘更洗山。

2003年第11期

段葆祥

车过岳阳余三十年前曾在此参加三线建设

昔年挥汗地，今又到潇湘。

大泽鱼龙动，名楼诗赋光。

棋田穿绿水，层岭植新篁。

回首沧桑变，人间正小康。

2003年第12期

陶文鹏

月牙泉

千秋不竭一灵泉,大漠回眸漾碧蓝。
今夜奇观谁画得?水天三月斗婵娟。

2003年第12期

廖国华

山乡短笛

背人独坐写家书,点点行行意不如。
画个葫芦画眉眼,小娃长得粉嘟嘟。

2003年第12期

滕伟明

南　沙

旗灿金星树海塘，守礁战士立如钢。

波翻鲛室千堆玉，鸥点吾家万里墙。

桑梓岂容蚕食去，尊严向赖弩开张。

受之父母终难弃，试看谁人论短长！

2004年第7期

陈逸卿

锦州北湖公园

红杏妖娆柳色新，踏青湖畔趁芳辰。

春光未许深深锁，吩咐东风送与人。

画桥芳草绝埃尘，十亩清波垂钓纶。

身在市廛如在野，幽居何必卧云深。

2004年第7期

林家英

浣溪沙·延安枣园漫想

窗下绿荫树下棋，油灯窑洞透晨曦。纺车线线细如丝。

小米步枪成大业，人文科技解新题。腾飞西部正当时。

2004年第10期

宣奉华

淮河笔会

一声铁笛出长淮，诗似淮河天上来。

采得凤阳花鼓韵，华章字字响春雷。

2004年第10期

张岳琦

潇湘行思

寻诗飞越洞庭滨，浸沐朝晖又一晨。
娥女爱深屈恨远，沅湘水碧岳衡春。
烟霞万里芙蓉国，文武双兴此地人。
史事纷繁高莫测，山川灵气与时新。

2004年第12期

蔡淑萍

浣溪沙·宿重庆北温泉竹楼

薄雾轻岚槛外生，隔江山色不分明。听谁长啸有回声。
临水冰心如月静，扶枝冷袖感香凝。幽幽情思几星灯。

2005年第3期

董澍

芦沟落日

晚来阵雨挟雷动，瑟瑟残阳落水中。

五百醒狮桥上立，凭栏齐唱满江红。

2006年第7期

武正国

登长白山

驾雾腾云走，新秋岭乍凉。

一池连两国，万树孕三江。

高瀑垂银练，温泉注碧塘。

钟灵山染绿，造化水流长。

2006年第7期

李善阶

秋波媚·边塞抒怀

雁鸣边塞一声哀，冷月照亭台。龙城飞将，精忠岳帅，谁识良才？　　风云千载灰烟灭，万事付尘埃。沧桑千载，是非功过，众口评裁。

2006年第9期

吕子房

长相思·漓江上

山一竿，水一竿，山水竿竿竹筏船。踏波任往还。远看山，近看山，远近山山多景观。景随心地宽。

2006年第9期

段　坚

长相思·农忙

大麦黄，小麦黄，满畈金波摇太阳。金针射麦芒。
割麦忙，打麦忙，半夜三更下了场。身披星月光。

2007年第1期

赵京战

神农祭坛

炉鼎森然列，香烟绕祭台。
石身凝混沌，牛首费疑猜。
天意凭谁授？鸿蒙自此开。
千年银杏树，应是手亲栽。

2007年第2期

戴　伟

观树荫下向日葵感赋

老树投歪影，葵花独受阴。
身虽生逆境，不变向阳心。

2008年第2期

郑　力

成山头观海

谁称剑下刺狂鲨，岂信凡生轻岁华。
自去风樯吹铁笛，哪开云路荡仙槎。
三山浪尽天无际，万宿潮回海有涯。
我欲投身同汗漫，逍遥何处不为家。

2008年第5期

叶玉超

东　湖

媲美杭州只此湖，山容含笑柳眉舒。

谁将天上云霞片，铺就人间锦绣图。

2008年 第6期

周峙峰

垂　钓

闲云淡月正清秋，浪拍芦滩睡小舟。

宿鸟巢温人未去，一竿钓尽海天愁。

2008年 第7期

万朝奇

重回呼伦贝尔

一别柳营三十秋,久思故地再重游。

兴安岭上初驰马,达赉湖中几放舟。

梦里烽烟弹不去,塞边钩月忆还留。

岂因湖海关山隔,欲释情怀总未休。

2008年第9期

周燕婷

春泛小漓江

清游不是载愁船,杨柳新生串串烟。

日色初随梅子暖,春声暗遣鸟儿传。

流波百折终归一,积翠三分更望千。

天自融和人自健,只怜诗债欠年年。

2008年第10期

高　昌

采桑子·神女峰（用舒婷题）

依稀神女如慈母，风也叮咛，雨也叮咛，万种温馨此处萦。　　巫山亲切巫峡暖，山也朦胧，水也朦胧，眼底柔情次第浓。

2008年第12期

李树喜

临江仙·玉溪界

满眼青山溪似玉，中间多少名川。桃花源外更桃源，有田皆乐土，无业不陶然。　　依傍回归北纬线，全球施放云烟。引来豪客聚滇南，金樽敲玉杵，诗酒唱和弦。

2008年增刊

胡成彪

秋山晚行

入山从野径，临远得秋声。
辗转寻清趣，陶然对晚晴。
林深藏硕果，蓬老涨飞英。
日暮空川下，独听归鸟鸣。

2009年第1期

何运强

挖野菜

歌声一路到村东，寻翠挑蔬习习风。
蝴蝶漫随纤手舞，春光鲜在竹篮中。

2009年第5期

韩　宇

登山口占

踏过层峦视界宽，一腔尘绪散遥天。

人生快意知多少，惟有巅峰最浩然！

2009年第5期

杨学军

登井冈山

流云幻雾锁山梁，圣地攀行叹路长。

吊缆横空车代步，可思军长自担粮？

2009年第11期

李静凤

腾格里沙漠骑骆驼

试从棘草涉沙梁,烟柱黄昏卷地长。
谁识天边来倦旅,驼铃一步一沧桑。

2010年第3期

孙振德

农家夜宿

昏黄灯火老农家,土炕温馨酒后茶。
话到税蠲高八度,沧桑脸上绽桃花。

2010年第4期

刘　章

丹江湖颂

快艇划开碧玉堆，回头惊看雪花追。
中华净水神仙酒，要与天池碰一杯！

2010年第5期

郑伯农

江城子·重访恩施

　　少年负笈下湖湘。踏羊肠，沐朝阳。千里鸣铎，觅韵访山乡。忽报鄂西花竞发，越崇岭，上清江。　　重登故地叹沧桑。小平房，变楼堂。胜景迷人，游客醉如狂。最是土家才艺好，歌声起，泪双行。

　　注：1958年秋，参加全国少数民族普查工作，在湖南翻山越岭。翌年初夏，调查组派我赴恩施与中南民族学院的专家交换关于土家族的材料。此次重访恩施，时隔51年。山乡巨变，令我感慨万千。

2010年第6期

汪梦之

一个老农的欢歌

山歌不唱旧时腔,自演自编情趣长。
满院桃花争曙色,一湾溪水淌春光。
种田无税天荒破,养老有金茶饭香。
最是丰年销特产,鼠标轻点到西洋。

2010年第9期

王如芝

做客藏家

肋巴佐酒抓羊肉,火炕含烟煮奶茶。
一段山歌入云汉,三层盖碗献哈达。

2010年第9期

李增山

重走雁门关

得意金风助四轮,边关高速碾朝暾。

烽烟色换和谐色,薛荔村成花果村。

谷穗随风田涌浪,荞花映日岭翻云。

沧桑难信眼前景,喜煞当年守塞人。

2010年第9期

袁人瑞

咏家乡绿化

三月霏霏雨,春泥燕子斜。

熏风梳绿柳,碧水暖晴沙。

楼掩千村树,车行一路花。

美哉生态岛,最爱访农家。

2010年第9期

刘宝安

登山海关老龙头

千年风雨润青矶，万里龙腾根在斯。
松脉奇峰闻浪涌，石城巨垒幻歌飞。
总兵出列迎朝雾，清帝回銮沐夕晖。
久伫楼台东望海，白帆点点不知归。

2010年第9期

陈显赫

上恒山会仙府

一入天门万界开，千山俯首听安排。
神仙府第迎新客，紫气殷勤处处来！

2010年第9期

王充闾

凭吊地震遗址

劫历红羊痛不支，沧桑卅载启遐思。
堪惊地裂天崩后，竟现河清海晏时。
化羽抟风鲲万象，涅槃浴火凤千姿。
浓荫处处高楼起，宿草亲邻憾未知。

2010年第11期

江 岚

过唐山南湖生态城登凤凰台

竣池铺道斩蒿莱，万顷波光似镜开。
碧柳红桥才画出，苍汀白鹭便飞来。
埋愁是处杳无迹，栖凤今朝幸有台。
想见月明萧史过，一支吹罢久徘徊。

2010年第11期

赵宝海

菩萨蛮·航化作业

飞机翼展凌空燕,超低喷洒云团伴。奇景古今殊,亦晴亦雨图。　　甘霖斜白雾,叶面清珠露。一朵日头圆,光芒灌稻田。

2010年第11期

马识途

满庭芳·庐山松林晚照

雾散云开,山明水秀,如瀑夏雨方晴。蓝天如洗,落照晚霞明。石径花间隐现,潺潺处、水浅苔平。松林里,红楼掩映,雀吵紫花藤。　　无穷,身外事,至今苦恋,终日营营。鬓霜催人老,两袖风清。乐得溪山杖履,鸥盟践、寄迹沙汀。临风立,长空万里,天外数峰青。

2012年第1期

欧阳鹤

南乡子·黄叶村曹雪芹故居

掩泪唱红楼,一片痴心记石头。多少风流多少恨?休休!绝代豪华梦里留。　　遗韵尚悠悠,庐舍依然黄叶秋。檀篆香笼人已杳,神留!烛影摇红月上钩。

2012年第2期

周兴俊

鹧鸪天·海林湖畔

万绿千红水映楼,人居别墅鸟居洲。牛听音乐田听话,公路弯弯绕晚秋。　　红日落,暮云游,诗家自愧锦囊羞。农民已作神仙乐,背靠夕阳甩钓钩!

2012年第4期

周清印

秦皇岛抒怀

魏武唐宗勒石台,秦皇汉武觅仙来。

红桑映日柴门热,碧树接天灵气开。

高寿有涯非胜境,泓波无际是胸怀。

如云馆所层层立,堪养浩然心壮哉。

2012年第1期

邵惠兰

谒问心碑

铭文勒石镇千山,自信高情善养廉。

明镜有台勤拂拭,问心何必到碑前。

2012年第1期

胡社桥

竹园村记事

藤缠檐角树当墙,三里五家云里藏。
路远客来心自近,山深雉起梦犹长。
拉箱吹火炒春笋,劈竹引泉浇海棠。
月落遥听石磨转,一升一斗碾韶光。

2012年第2期

南东求

临江仙·乡居

年伴牛耕鞭日月,一犁厚土春深。嫩禾节节吐艰辛。午锄挥汗雨,星夜听蛩音。　　待到丰秋铺满地,镰开一地精神。炊烟袅袅醉山村。一壶风雨酒,三代苦农人。

2012年第2期

王善峰

鹧鸪天·前村荷塘经年无花作

　　我是东西南北人，驱车几度过前村。一塘疏荷青钱小，偏系痴情汉子魂。　　从春暮，到秋深，盈盈望断却伤心。凌波不见春风面，冷雨寒更入梦频。

2012年第2期

胡文明

登黄鹤楼

徘徊蛇岭上，凝望不回头。
鹤立天空阔，云开月满楼。
秋飙吹老叶，林霭布轻愁。
太白今何在？悠悠江水流。

2012年第2期

姜　彬

沼山天门关感怀

乱云时在岭头飘，险出天关不动摇。

一线悬崖荆棘路，松涛唤我挽狂飙。

2012年第2期

蔡圣波

登乐清灵山

滚滚飞流下碧空，惊雷怒吼震苍穹。

人间轶事知多少，尽在涛声激浪中。

2012年第2期

令狐安

登望京楼

西去卧佛古道盘,望京楼上起苍烟。
崖松五六亭亭立,山雀二三娓娓言。
雾锁白川云岭暖,霜凝碧树玉泉寒。
冰天莫谓无风景,一洗红尘暮霭妍。

2012年第3期

沈华维

鹧鸪天·黄金海岸

纵向天涯景物新,地铺绿毯不扬尘。云边漫漫淘金路,海角芸芸寻梦人。　帆缥缈,浪温馨,沙滩柔软最销魂。异乡似有桃源境,回首风尘百感深。

2012年第3期

王玉明

海滨秋韵

朝雨轻尘洗,海天一色青。

层层波潋滟,历历岛葱茏。

有意风轻语,无心云远行。

斜阳送归棹,新月更多情。

杨金亭

烟台即兴

千里波涛十里山,一城烟雨柳珊珊。

销魂最是蓬莱小,逗我诗情上碧天。

王　青

虞美人·网络蹿红的打工人

底层挣扎飘零久，一样悲欢有。抗争不屈放歌喉，给力啸声闻者泪双流。　艰难傲视谁堪比？宁死春天里。张扬个性网传频，笑看人生绝代打工人。

2012年第4期

李克穆

采桑子·望海

又来南海寻辽阔，天也宽宽，海也宽宽。天海茫茫不见边。　晚辉落尽星光灿，新月弯弯，水月弯弯。勾起神思上九天。

2012年第4期

沈天鸿

清明登振风塔

杜鹃啼处乱峰青,浩荡沧波照眼明。

风雨五更天地泪,江山万里古今情。

百年俯仰悲过客,异代登临念众生。

目极孤云随去翼,心潮涌动请谁听?

2012年第4期

屠　岸

登景山万春亭

秋来豪气满都城,极目长空万里晴。

一顶飞金追白日,千门点彩伴红旌。

险夷浪逐悲和喜,反正花萌晴复明。

卅载崎岖磨胫骨,迎风直上万春亭。

2012年第4期

李文朝

沁园春·北大荒

千里荒原，雪地冰天，沉睡万年。伴春雷震响，红旗挺进，蛮荒别梦，青史新翻。将士安营，知青扎寨，热血青春卷巨澜。奇迹创，化荆丛莽野，米谷粮川。　　艰辛汗水华年。改天地宏图展大观。看粮丰林茂，蔬奇果异；青山秀水，别墅花园。化雨春风，精神瑰宝，黑土丹心壮志坚。抬望眼，正北疆鹏举，翼展垂天。

2012年第4期

周笃文

水调歌头·下三峡

太古城头月，伴我过夔州。冷光摇荡寒碧，轻浪拥飞舟。束峡双门对起，百里天开一线，万嶂导江流。造化辟奇境，元气接昆丘。　　揖神女，歌白帝，下黄牛。河山万里行遍，第一蜀中游。招手天边鸥鸟，试起苏辛李杜，煮茗斗清讴。云散日初上，霞外耸重楼。

2012年第5期

韦树定

木兰花慢·过衡水郊区

恰秋光淡荡，莽原野，逸清尘。对雁阵开襟，遥铺夕照，欲揽胡云。粼粼，但航苇去，似平生浪泊又寻津。何事愁予渺渺？与谁检点诗魂。　　逡巡，多少才情，空自累，客中身。算遍插茱萸，还将暗忆，桃叶桃根。温存，向湖海上，唱一场绮梦了无痕。依旧如鱼饮水，已非侧帽前因。

2012年第5期

杨洪源

华清池

慵容最适浴兰汤，散鬟低眉落绣裳。
妃子肌肤同玉色，王孙骨肉尽舒张。
之前岂信夸奢贵，到此方知是盛唐。
殿外新花娇亦懒，不关长恨自春妆。

2012年第6期

南广勋

卜算子·桃源行

红是绛云横,白是银珠露。玉吻含英次第开,十里芳菲雾。　　处处可流连,不忍轻移步。一阵香风撒落花,迷了归时路。

2012年第6期

刘献琛

水调歌头·井冈山

叠嶂万峰耸,曲水五溪流。罗霄竹树苍莽,云海半空浮。石柱雄狮望月,崖壁金龟击鼓,瀑落碧潭幽。翡翠连鹅岭,烂漫杜鹃稠。　　天兵怒,狂飙卷,奋旄头。文星阁上携手,雷电壮秋收。双马岩前铁旅,八角楼头灯火,帷幄看筹谋。壁垒黄洋界,高路亘神州。

2012年第6期

罗　辉

长白山旅怀

千古神奇地，盛名遐迩知。

登山卜云海，临水祭天池。

白发禅心定，青松佛愿痴。

悬河落秋韵，一卷自由诗。

2012年第6期

丁　梦

浣溪沙·朱家角风情

幽巷长街映晚霞，小桥流水好人家。江南有画绣奇葩。

一梦千年风细细，千年一梦雨沙沙。与君携手话天涯。

2012年第8期

熊　韬

登云台山

道在山巅佛在腰，修篁半隐夹松涛。
云阶拾级摩金顶，百里方圆我最高。

2012年第8期

张脉峰

仙人洞

一洞中开别有天，幽幽深处听鸣泉。
纯阳端置斑驳貌，鬼斧神工叹自然。

2012年第8期

苏厚义

山　行

鸟语芳丛举目新，楼山峰谷入平林。
如今户户天然气，不见当年拾草人。

2012年第8期

李凤岐

望黄山人字瀑

一见惊魂字迹真，神灵试笔水流痕。
箴言天赐君须会，干净做人当洗尘。

2012年第8期

钟家佐

水调歌头·三访长白天池

长白又相约，万里驾云来。天池果是吾友，胸袒向天开。吞吐风云气概，磅礴豪情关外，纯净绝纤埃。寰宇一杯酒，四海俱欢怀。　　山之巅，海之角，见蓬莱。一方瑰宝，千秋身隐大荒垓。溢出飞流激浪，一泻三江浩荡，桑海几兴衰。河岳为俦侣，日月共徘徊。

2012年第9期

潘朝曦

登高——游世界屋脊感赋

久欲冲天揽斗牛，今朝终得极巅游。
风云纵览八荒外，气势凌加五大洲。
日月双丸随手掷，顶天一柱自风流。
千年多少登高者，独傲吾居最上头！

2012年第9期

叶元章

山居杂诗

日影横窗树影斜,陶然一梦到农家。
最难得是闲中趣,睡起看儿拾枣花。

谢启明

游鸭绿江

鸭绿江波划国疆,断桥横跨水茫茫。
只为宇宙开新境,却使英雄卧异乡。
虽愿升平无战火,应知强食有豺狼。
和平发展万全策,树欲静来风却狂。

杨承大

临江仙·山海关

关外马嘶霜满地，戍边人去匆匆。朔风如箭月如弓；旌旗曾蔽日，白骨怨西风。　　秋月春花都是梦，成王败寇皆空。冲冠一怒为谁雄。红颜人不见，天际数声钟。

2012年第9期

郑欣淼

登嘉峪关城楼

边墙关塞老，岁月古今稠。
楼映祁连雪，野行戈壁舟。
墓砖思魏晋，锋镝想貔貅。
心绪亦东向，苍茫象外搜。

2013年第1期

岳如萱

清平乐·长寿湖

一湖烟雨，满目精神注。才许冬来秋又去，如此乾坤有趣。　　悠然梦幻蓝图，全凭妙手功夫。欲与长天同寿，飞舟白露相呼。

2013年第1期

张桂兴

瓜州渡口

风雨瓜州渡，江河汇水平。
纵横帆影远，断续汽笛鸣。
同是一轮月，何堪两样情。
诗廊吟不尽，更上望江亭。

2013年第1期

王改正

皋兰山

皋兰山上望黄河，万古涛声谱壮歌。
帝业争雄归一统，王朝更替几回合。
三边柳带清清月，五眼泉流淡淡波。
吟罢凉州人世改，春风伴我醉颜酡。

2013年第1期

晨　崧

胭脂美人

荒山野岭矗焉支，张掖美人情发痴。
莫道西凉无好景，胭脂一抹尽成诗。

2013年第1期

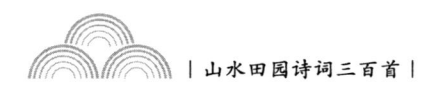

李一信

卜算子·暮登皋兰山

圆月挂长松,遥望天河静。谁见游人入夜时,登上兰山顶。　突兀起三台,凭眺华灯影。祈福钟声款款闻,不负清凉境。

2013年第1期

邓世广

天目湖观荷

淤泥洗净本无瑕,我亦痴情似伯牙。
流水高山余韵在,人间知己是荷花。

2013年第1期

田凤兰

武当山游

畅游皆胜景,来拜太和神。
金锁门前月,阳升湖底云。
函关萦紫气,大道洗浮尘。
万壑清风起,吹醒散淡人。

2013年第1期

武立胜

鹳雀楼晚眺

鹳雀楼头树影西,欲穷千里目难及。
昏然白日依山寐,浩渺黄河奔海栖。
提笔已无惊世句,登高可有向天梯。
回眸试问王之涣,哪片诗墙待我题?

2013年第1期

范峻海

花甲回乡挖野菜

怀抱朝阳觅绿冈，采得童趣几篮香。

满盘春色拈花笑，缕缕清音绕画堂。

2013年第1期

刘麒子

太行山王莽岭采风

王莽峰头望，晋城万象开。

抚今思俊杰，怀古数雄才。

岁月风云涌，山川锦绣裁。

太行佳气现，昌盛可期哉！

2013年第2期

赵仁珪

谒柳侯祠

每读河东每不平,苍天何不佑英灵?
空怀社稷千秋业,徒落蛮荒万里行。
功过当时难定论,文章后世有公评。
吾今不惜奔波苦,只为祠前慨一声!

2013年第2期

范诗银

雨霖铃·美在宜州

移樽邀夕,正斜辉里,薄雾浮壁。千军万马奔去,惊潭影乱、长天云湿。尽数珍珠泼撒,惹溪响流碧。问醉眼、如此风华,可已襟怀翠如滴? 英雄七尺迎风立,漫吹它、七节芦花笛。千年水朵生处,还吹得、月圆星溢。浪卷歌声,何止心田,何况心息。市井内、三姐当寻,更向青山觅。

2013年第3期

刘如姬

登 山

碧宇晴初放，危崖云未开。
烟生迷白鸟，径转滑青苔。
雪瀑龙头泻，天风足下来。
何能鼓双翼，率尔赴蓬莱。

2013年第5期

潘　泓

北　海

一片春风水有纹，景山西麓客纷纷。
新街市上车来密，暖地天中鸟举勤。
雨棹过从常觉歉，湖光吸吮竟如熏。
那须身在桃花海，此处能舒病骨筋。

2013年第5期

杨逸明

访蒲松龄故居

志异童年听入迷,故居初访更心仪。
屋于梦里曾经到,狐在墙头何处窥?
石像髭须风正捋,布衣襟袖月能知。
今来欲借先生笔,再向人间揭画皮。

罗福江

海 钓

两把新竿万顷秋,黄沙细浪放银钩。
谁知人到鱼没到,坐数斜阳画海鸥。

布凤华

登鹳雀楼

万里风光入眼明，黄河拍岸浪涛声。
中条拔地来三晋，西岳凌空出九城。
槛外云霞升白日，雁边稷黍缀红缨。
古今多少诗人梦，听取千秋鹳雀鸣。

2013年第6期

张晓虹

卜算子·金鞭溪

不见牧童来，只听金鞭响。赶着春风赶着云，赶着青山淌。　　暂作武陵人，暂借陶公桨。载上忧欢一卷诗，驶向桃源港。

2013年第7期

王振远

探黄龙洞

响水欣浮客里船,老来谁识洞中天。
霓裳彩耀三千石,瀑布声飞百二泉。
路险何愁风共雨,怀宽不忌鬼和仙。
龙人大爱弥霄壤,一片情真出自然。

2013年第7期

马天豪

庐山三叠泉

追寻胜景上庐山,步下千阶赏瀑泉。
堑壑茫茫林似海,雷霆阵阵水生烟。
悬崖万仞连霄汉,素绢三折挂峭岩。
怪道匡庐无暑热,原来有尔作长衫。

2013年第7期

郭少威

菜园小曲

绿水池边种菜瓜,踏泥沾露自当家。
闲云留意常询问,时鸟含情每应答。
不敢妄称三径趣,但能聊衬半天霞。
从来未计收多少,待月荷锄兴致佳。

2013年第7期

张　冰

西湖泛舟

清波荡漾上龙舟,我站船头不自由。
白日彩云风夜雨,何时能见月一钩。

2013年第8期

徐　红

登张家界天子山

飞峰惊险秀，幽谷赏氤氲。
戎帅扬旗处，山王点将墩。
岩林悬古剑，御笔耸高云。
仰看英雄汉，撑天立地人。

2013年第9期

朱　彦

春　耕

春风织垄一犁长，春草湖边待镜妆。
忽见那轮江底月，原来不是我家郎。

2013年第10期

耿建华

渔 夫

山色湖光谁赠予，扁舟一叶是吾居。

云来且赏镜中影，雨过还看手上书。

未老青荷停翠鸟，新成银网捕红鱼。

赊将满月换清酒，醉饮江风真自如。

2013年第10期

张金英

菜园偶成

闲来亦学采东篱，早育新苗晚弄泥。

欲借青田裁雅韵，一行春菜一行诗。

2013年第11期

赵安民

一剪梅·新疆边境农场印象

无限山光与水光,绿了白杨,肥了牛羊。条田林带韵悠扬,美好村庄,美好家邦。　　带剑扶犁本领强,不着军装,不领军粮。雄浑西域挽弓长,富我边疆,固我边防。

2013年第11期

隋鉴武

山行望玉兰花开

独立山头四望低,春寒料峭绿迟迟。
忽然入眼清新色,一树白鸽一树诗。

2013年第12期

林　岫

踏莎行·南京夫子庙题桃花扇赋香君事

翠带风开，紫绫丝结。霜缣骨散冰清洁。传香扑眼一枝红，斑斑都是胭脂血。　　岁月焉抛？痴心难得。秦淮今古犹呜咽。重名未必好男儿，娥眉信有真豪杰。

2013年第12期

李栋恒

游贵州兴义万峰林

伟景奇观迎面开，万山小巧紧相偎。
人头攒动群雄聚，驼阵奔腾叠浪来。
地孕异胎争拔起，天加妙意细镌裁。
仙厨饷客蒸笼揭，兼有樽罍与酒杯。

2014年第1期

黄小甜

【中吕·山坡羊】张家界 "金鞭" 传说

言山也罢，言溪也罢，湘人千古传佳话：巨鞭拿，大山爬，拖泥带水长城下。嬴政强权随意耍，权，亡去啦；山，还在呀！

2014年第1期

高立元

与战友乘游轮雨中自渝州下宜昌

漫忆春秋梦未寒，声声渔唱夜阑珊。

一篷风雨三巡酒，五味杂陈千里船。

天外沉雷传鼓角，峡中薄雾卷烽烟。

大江东去流中曲，激荡心潮逐浪翻。

2014年第2期

雍文华

谒谭嗣同故居

人生际会总需时，板荡神州启壮思。
金殿诏书何急急，深宫消息每迟迟。
围园计失康长素，鉴史师承张柬之。
一寸河山一腔血，悲君难写感伤词。

2014年第2期

何　鹤

浣溪沙·临淄石佛堂生态蔬菜园

诗意渐从温室浓，无须泥土亦葱茏。枝头约梦嫁东风。
春色移情新蕾上，阳光漫步大棚中。小词沾上草莓红。

2014年第2期

甄秀荣

一剪梅·春晨风雨

敲破梦窗淋破宵，风正飘飘，雨正潇潇。烟塘对岸两三家，隐约鹊巢，断续凤箫。　　戴笠携锄过小桥，风似剪刀，雨似彩毫。榆开俊眼柳扬眉，绿看麦苗，红看杏梢。

2014年第2期

吴宝军

八角楼

遥想当年八角楼，油灯如豆月如钩。
窗前一夜得三昧，笔下千钧敌万兜。
传世煌文醒大众，燎原火种遍神州。
喷薄红日出山谷，辉映人间向自由。

2014年第3期

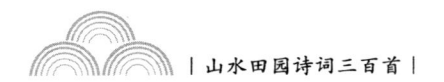

叶晓山

颂韶山小路

恰似羊肠穿绿荫,风摧雨撼屐留痕。

岂知小路通天下,迈出东方一巨人。

2014年第3期

王海娜

浣溪沙·春日原野

原野苍苍六月天,几堆耕火几炊烟。遥遥望我朵云闲。

燕子穿梭堤左右,鲜花走在草中间。比花低处梦幽蓝。

2014年第3期

刘能英

摊破浣溪沙·野趣

为采池边那朵花,草虫惊我我惊它。偶见槐荫陡坡下,有西瓜。　　解带抛衣斜过坎,屏声敛气倒攀丫。隔岸却闻村妇喊:小心些。

2014年第3期

段　维

临江仙·坝上秋色

天淡浮云垂四角,桦林落日西斜。簪金点翠竞豪奢。秋风情未解,吹起旧胡笳。　　惹破尘封云梦事,酸心捻断琵琶。眼前风物镜中花。美人和泪去,举目是天涯。

2014年第3期

李元洛

瞭望台

振衣千仞立高台,如海苍山四望开。

目光似网撒将去,万壑千峰捞上来!

2014年第4期

赵焱森

登岳阳楼

浪遏飞舟度晚晴,凭栏放眼看潮生。

楼藏范记珍无价,雾绕君山别有情。

古冢千年红树掩,新街十里彩灯明。

烟波浩渺心相映,坐待江亭月影清。

2014年第4期

徐新国

一剪梅·梁山

千载英雄万古传,情不一般,义不一般。寒光入眼漫回看,好汉梁山,壮烈梁山。　沧海曾经绿似蓝,山也斑斓,城也斑斓。如今境里数神仙,不见云帆,胜见云帆。

2014年第6期

刘庆霖

壶口看黄河

西出昆仑有巨龙,烟云拱护雾藏踪。
山中养性九回曲,日里吐波千丈红。
脚步哪堪半天下,情怀不在一壶中。
悬崖峭壁等闲过,吟啸能期东海逢。

2014年第7期

张克复

登饮马大峡谷观景台

春日登高乐放怀，大观烟景眼前开。
迢迢丝路逶迤去，浩浩黄河汹涌来。
万壑生岚惊地籁，千峰列戟接天台。
御风神骋真如梦，物我皆空一快哉。

2014年第9期

魏新河

灵山龟溪漫步

小溪三十里，尽日伴人行。
穷水得修竹，在山多落英。
丛林如劝客，群籁不知名。
明日一归去，新诗可画成。

2014年第11期

王纪波

登黄山

万里风云脚底流,丹崖琪树醉青眸。
自云已在浮云外,更有浮云在上头。

2014年第11期

张君嘉

大峡谷

谁劈青山大地惊?荒原万里裂痕生。
千寻深谷落银练,信是苍天鬼斧工。

2014年第11期

何云春

访海南千年盐场未成有感

欲访千秋雪，时光不解情。
摩的寻古道，咸淡品人生。

2015年第2期

彭崇谷

秋日望城观音湖观钓

水碧山青翠柳稠，芙蓉红艳鸟音啁。
渔郎醉赏清波荡，钓了鱼儿又钓秋。

2015年第4期

郭友琴

回 乡

走近家山望眼迷,寒烟渐渐散村西。
风吹果岭花千树,牛入田畴雨一犁。
归燕衔泥巢老屋,邻翁趁湿种新畦。
龙泉勒石今犹在,不见门前淌碧溪。

2015年第6期

鲍 平

春 日

雨后空山春更葱,斜阳犹照嫩梧桐。
村前腊酒留人醉,花映溪边一钓翁。

2015年第6期

张明新

天柱山狂想

带梦寻诗黄海边,胸中块垒眼前山。
我来恨不成天柱,撑起神州一角天。

2015年第6期

冯恩利

苗木基地

徜徉基地入琼林,别有洞天苗木新。
彩笔描虹时唤雨,银锄莳卉自拨云。
车车快递青中绿,网网轻收浅至深。
装点河山君莫问,我心一片是浓荫。

2015年第8期

马明德

游钓鱼台

披蓑戴笠架垂纶,细雨斜风天气新。
岸柳兼葭歌醉舞,清波梨浪酿芳醇。
仰观云卷无他物,俯视标浮有雪鳞。
莫怨华灯已初上,诗装鱼篓在河滨。

刘　川

登笔架山

不见天公遗巨笔,空余笔架对洪涛。
我今健步登峰上,仰首来当大紫毫。

张金锐

一剪梅·在潜河畔

破晓河边风景娇，花也妖娆，柳也妖娆。白鸥拍浪小船摇，鸟在逍遥，人在逍遥。　　何处传来浣女谣？槌棒声敲，小调声娇。和风轻拂柳丝撩，情似春潮，诗似春潮。

胡迎建

汪湖九龙瀑

遮天林边走，瓢泼大雨后。凭栏观深涧，水铲如擘剖。白龙掀腾来，咆哮与石斗。撞击潭罐圆，串连瀑数九。霏雾洒半空，隐起蛟矫首。玉液迅滑流，晶亮净无垢。澡雪而精神，鼓勇愈抖擞。流连众接踵，共叹奇缘有。

张积慧

浣溪沙·天鹅湖畔人家

玉米辣椒挂满墙,菊花园里露芬芳。天鹅湖畔影双双。
春夏秋冬呈异彩,一年四季溢清香。俗人也把世情忘。

2015年第12期

胡宁荪

南乡子·乡间旧忆捉鱼

结伴捉鱼虾。纤雨江村浅水涯。抓得锦鳞频摆尾,酸麻。还有泥鳅钻脚丫。　漪浪卷波斜。眼见鱼儿露背牙。只道少年身手健,偏差。扑得泥巴一脸花。

2016年第2期

宋彩霞

望梅花·踏雪寻梅

　　遍寻芳径。为赏古梅疏影。真个不随桃李艳？老却风流和靖。佳句后人当拾得，岂可空虚此境。　　水寒光迥。瘦了鹭鸥闲艇。我坠世间香雪海，一醉花间不醒。柔骨谁怜天可证，必有诗情千顷。

2016年第6期

苏　俊

泰州梅园

倾城曲里听芳华，天下青衣拜此家。
先我春风为吊客，一园清供万梅花。

2016年第8期

侯李平

采茶姑娘

雨霁云开山色新，遥望仙子弄纱巾。
红颜酥手撷芳处，一篓青茶一篓春。

2016年第9期

何其三

临江仙·采莲女

倒盖绿荷珠作雨，弯眉浅笑盈盈。莲间唱曲采红菱。或因香远逸，头上落蜻蜓。　　夜泊邀风开野宴，月牙云朵同烹。锅为湖面水调羹。聚霞燃烈焰，煮透一天星。

2016年第9期

关波涛

望江楼

久客江湖里,微茫不计年。
鲴头鱼极美,菱角米犹鲜。
落笔山为墨,开怀月在船。
呼朋相对饮,一醉白云边。

2016年第11期

林　峰

水调歌头·甘肃永泰龟城遗址

边塞烟尘古,漠北水云黄。举头残月明灭,野色满胡杨。险设孤城铁瓮,要控龙沙绝域,烽火没穹苍。虎卫关山久,风起笛声长。　　人何处,秋未老,事微茫。心头鼓角悲壮,匹马下西凉。欲效骠姚许国,更羡文渊投笔,旆影耀天光。草白金鹰疾,碧落任翱翔。

2016年第12期

张存寿

采桑子·黄洋界

攀援直上雄关口，塔立峰巅，人立峰巅，一炮当年震九天。　　风光如画血曾染，似这江山，是这江山，不改初心国事安。

2017年第1期

曹初阳

春游庐山西海柘林湖

闲花几点鸟初啼，碧黛如烟柳拂堤。
千岛连珠随浪动，一云排雁与天齐。
凉风飒飒青萍末，往事悠悠白日西。
水自多情人却远，诗成无寄付清溪。

2017年第1期

刘 斌

夏 日

草满平湖鱼正稠,牧童柳下守金钩。
老牛忽趁人不意,潜入清波自在游。

2017年第1期

张 栋

清平乐·秋野

爽风吹遍,旷野丰收见。嵌玉镶金铺雪漫,隐隐绿飞红绽。　村姑摘取棉花,笑声系住云霞。头插菊枝歌舞,谁家一个娇娃?

2017年第1期

荣瑜芝

玉岭人家

双龙拱抱一明珠，夕照金妆淡若无。
涧内清风轻拂耳，阶前碧水跃飞鱼。
萋萋芳草阴山曲，落落田园盛世图。
铁塔岚头澄白塔，瞬间何似小西湖。

2017年第2期

梁孝平

水上公园拾趣

岸柳风摇婀娜姿，假山亭榭落参差。
一湖碧水惹人爱，耆者钓闲吾钓诗。

2017年第2期

王海亮

崂山仰口

海上仙山渺,清流自绝尘。
赤松迎碧浪,白石挹青津。
寂寂云生相,泠泠光摄人。
临风一长啸,藉以托心神。

2017年第2期

苏建华

故里行

斜月鸡声破晓天,清风重露动青帘。
人行旅道披霜厚,鸟立琼枝亮羽鲜。
果硕枫红峰映水,鱼肥垄碧稻铺田。
清秋最是情牵处,几嗓山歌过谷间。

2017年第3期

杨月春

荷塘采风

水畔低回下笔迟,荷花自古有名诗。
梦中我似蝶翩舞,飞到花心觅好词。

2017年第3期

潘洪信

沂　山

高岫风深青幕昏,白云扶我上山门。
长桥势取九天险,危栈玄通一线痕。
石径寻幽临汶水,松轩听瀑傍烟村。
欲乘绿浪峰头立,胸次狂涛涌日轮。

2017年第4期

朱超范

苏堤春晓

冻水方温翠黛迷,倩姿婀娜燕飞低。
此间合入春风梦,好句葳蕤苏子堤。

2017年第4期

安洪波

出 游

危径断人行,流泉冷且清。
秋花含露放,古柏傍崖横。
淡霭寻不见,深山空复情。
徘徊钓台久,翠色浸衣生。

2017年第5期

王逸群

洞庭湖

碧水连云接远空，湖烟开处起秋风。

岳阳楼阁疑天上，湘女情缘似梦中。

十里蒹葭洲尽白，一山斑竹泪犹红。

从来此地多王气，不见当时楚国雄。

2017年第6期

郑邦利

上庐山

驱车上碧空，雨幕没群峰。

浓雾欺天白，山花媚我红。

登高知豁达，赏美惜朦胧。

胸次豪情涌，长呼撼帝宫。

2017年第6期

刘鲁宁

游乌衣巷

巷口夕阳多酒家,红男绿女舞霓霞。
人间新酿秦淮梦,醉倒桥边野草花。

2017年第6期

杨　强

访船山故居

九旻乞冢葬昂藏,世味长谙种老姜。
茅舍三间存故国,文章百卷映清湘。
秋风人隐一山小,夜月魂归双柏苍。
莫谓丹忱无著处,衡门数里芰荷香。

2017年第6期

包　岩

沁园春·观樊公山水

　　天地初开，混沌初萌，展卷丰盈。看万千气象，阴阳际会；十方瑰影，日月衔形。水孕毫光，山织墨韵，笔下嘤嘤琴瑟鸣。微低首，听似无还有，一片空灵。　　人间新筑高亭，晦数载光阴为此行。藏荆山璞玉，滋之草露。灵蛇珠丽，润以芳菁。峰尽无极，象兮无矩，从此苍鲲跃北溟。乃天意，贺贤公出世，金石当铭。

2017年第8期

莫真宝

北川新城商业街印象

　　初到北川惊世换，巴拿恰好令人迷。
　　禹王桥跨安昌水，七彩霓虹天际低。

2017年第8期

陈思明

傍晚闲步庐山花海

谁使香风斗翠微？无端惹得彩云围。
鸟因悦客空中啭，蝶自含情花里飞。
白发渐添怜晚景，夕阳欲尽展余晖。
难辞草木相留意，岂是诗人不肯归。

2017年第9期

安全东

温江幸福田园小游得句

杨柳风微一径斜，春波红映小桃花。
云中鸡犬何曾遇，闲剩烟村四五家。

2017年第9期

章雪芳

牛头山水库船搁浅滩

雨后清岚起,群山起彩霞。
船来不肯去,此处是仙家。

盖涵生

钱江源

随车颠簸去,峡谷辟山开。
浙水溯源到,沧浪濯足来。
悬空飞一练,叠翠布层台。
赴海搅烟雨,奔流不复回。

宋炳龙

渔家傲·洱海渔姑

放出轻舟杨柳岸，晨风未醒雄鸡唤。桡片悠悠划水面，星星乱，水中鱼跳船舱畔。　　渐渐碧波明似鉴，网开撒下银丝线。满载归来心灿烂，云霞现，晴空铺满桃花瓣。

2017年第10期

陈仁德

大巴山

古木苍藤满路途，但闻婉转鸟相呼。
穿林倏忽风来去，隔水迷茫雾有无。
闭户聊为高士隐，抱瓶还向远村沽。
坡前青豆鲜如许，带露收来好下厨。

2017年第11期

蔡世平

际溪钓趣

坐拥山青水绿家,鲜瓜甜果养颜花。
闲时手捏弯弯竹,也钓溪鳞也钓霞。

2017年第12期

朱思丞

再游黄鹤楼

自别蛇山二十秋,今朝有幸又重游。
势分吴楚同三镇,名若江河贯九州。
盛世瞻怀风雨路,丹霞照破古今愁。
纵无崔颢题诗在,仍是诗情第一楼。

2018年第1期

张伟超

青岩古镇

菊林书院赵公祠，行色匆匆身到迟。

入眼重檐云暧昧，多情雨巷影参差。

悠悠过客空遗俗，处处人家俱有诗。

教案苔痕何所觅，冷杉青遍故年枝。

邹国荣

乡居漫吟

赋闲岁月意悠悠，卜筑乡村梅子楼。

暂别城中新气象，重寻故里老田畴。

童年旧梦漫收拾，往日赊情细奉酬。

兴起狂吟三五句，无为野叟也风流。

张天夫

春　至

紫燕衔泥榕树下，轻风还入旧窗纱。
从来绿色不迷路，携个江南到我家。

2018年第2期

石达丽

游百花山遇雷雨

时夏百花柔，芳林一径幽。
莺歌飞涧谷，人语荡山丘。
缠树云留我，分亭雨作秋。
行囊载不动，珠玉万斛收。

2018年第2期

张景芳

故乡小桥

驮着童谣驮着春，一躬风韵抵千钧。
老夫虽是黄昏客，依旧痴送那个亲。

2018年第3期

陆玉梅

菩萨蛮·回乡

行行切切天涯客，流年褪了花颜色。鸡犬忽相闻，惊呼旧主人。　　白云吹不动，任把竹风送。底事看寻常，青山对夕阳。

2018年第3期

徐耿华

【南仙吕·醉罗歌】滑县西湖

　　西湖西子妍如画，薄烟薄雾舞轻纱。湖面夕辉染红霞，夹岸花争姹。水边石凳，翁钓鱼虾，湖中画舸，女弄琵琶。路旁情侣悄悄话。柳丝摆，鸟语喳，身居仙境不思家。

2018年第4期

钱志熙

西环海滨公园

　　高树深灯吐嫩黄，海天夜色已苍茫。
　　车通地轴千雷震，城压山眉万室光。
　　风月一湾围璧玉，绮罗满市沸笙簧。
　　从来此地难怀古，宋帝台前草日荒。

2018年第5期

王建强

清平乐·田园居

夕光渐少，庭院多飞鸟。妻子厨房呼饭好，更有酒香缭绕。　　夫妻围坐桌前，说说日子酸甜。三两闲花飘落，悄悄落上杯盘。

2018年 第8期

周啸天

吊刘禹锡墓

刘郎毕竟是诗豪，唱得竹枝题得糕。
抱我琴须寻旧墓，对君曲莫奏前朝。
一杯酒向名园酹，万里沙从大浪淘。
燕子飞飞人去也，遗篇默默想风标。

2018年 第8期

李兴来

游青城山得句

山路清幽翠染枝,子规啼处雨丝丝。
我来今日存奇想,欲把长藤挂满诗。

2018年第8期

刘　博

忆少年·东湖小景

行云如泼,垂杨如滴,环湖如濯。单车枕石凳,有荼蘼相握。　　面屑鹁鸽争抢啄。立深蓝、一树红萼。春来绽成灼,又风前吹落。

2018年第8期

褚宝增

观莲花世界

万亩池塘无水光，田田荷叶太张狂。

气节标榜犹他谤，花蕊妖娆敢自强。

滚滚珠玑学粉泪，拳拳云雨慕清香。

我心愿与宝泉塔，见证春秋冬夏忙。

韩倚云

靖安镇竹溪人家

仄径山腰细，清流水带长。

休言烟雨淡，正酿稻花香。

鹅掌摇莲蕊，蛙声透瓦房。

和风送诗句，待我写青苍。

姚泉名

鹧鸪天·井冈山

五百里山谁使奇？非吾非汝也非伊。黄洋界炮轰如答，八角楼灯亮即知。　　山路舞，我心驰，轻车阅尽井冈姿。常怜烈士松间墓，夜雨疑班得胜师。

2018年第9期

尹彩云

长相思·梨花

如神姿，似仙姿，惊艳销魂怜雨枝。何人不自痴？云散时，雾开时，明丽春花满树诗。芳心谁可知？

2018年第10期

赵义山

【正宫·塞鸿秋】重游青莲乡太白故居记感

陇西灵气蜀中聚,太白曾在青莲住。宅前全是柏油路,后山仍有月圆墓。诗仙魂杳然,阿妹坟如故。千秋皓月长相护。

注:传说李白有妹名李月圆。

2018年第10期

胡 彭

月下笛·在高密夏庄镇村民文化中心戏剧活动室吹笛

细扎红绳,精雕小字,秀身孤直。向前轻拭,认得江南成式。忆曾经,流水高山,姑苏巷陌听脉脉。恰樱唇吐弄,萦怀随意,穿云裂石。　　相逢能我识?对六孔莹然,一时屏息。轻吹试度,户外清秋凝碧。想平生,此情最关,牡丹旧谱花下笛。袅晴丝,但寄遥怀,深揖谢高密。

2018年第11期

周学锋

深圳莲花山谒邓公铜像

惊雷起自岭南东，卷地春风华夏同。
纵有琼楼耸天立，莲山仍是最高峰。

2019年第1期

蒿　峰

忆秦娥·海晏县

祁连月。高寒绝域营如铁。营如铁。黄沙衰草，情怀凄切。　　起家白手尽人杰。国之重器朝天列。朝天列。丰碑傲立，功图神阙。

注：青海省海北藏族自治州海晏县是我国第一个原子弹研发基地。

2019年第6期

沈利斌

入剡

一鉴溪光翠，初阳野色明。

鸟栖孤渚老，云湿万崖清。

为客访踪迹，哦诗忆姓名。

虽无子猷棹，犹识古人情。

2019年第8期

耿立东

赋得都匀山顶风车聊赠援藏诸友

卓立峰巅待大风，于林独秀莫摧崩。

若得天下光明彻，甘守江湖一点灯。

2019年第11期

伍锡学

题桂香荷园农庄

天气清和鸟雀喧,阳光婉媚百花繁。

游人时念桂香陌,假日重逢荷蕊园。

四季好风怜翠竹,一帘幽梦枕朱轩。

周围山色真堪望,如把新装画册翻。

2019年第11期

梅　岱

登中原第一高楼述怀

更上层楼放目空,平川漫漫四时通。

群雄逐鹿千秋史,万众同心百世功。

河洛肇兴惟大道,中原崛起赖文明。

神州自古英豪气,犹是今朝浩荡风。

2019年第12期

秦　凤

新村有寄

人住江南里，清溪绕翠微。
园中瓜果熟，竹下犬豚肥。
见说新田野，已然沐日辉。
此情遥寄处，且待彩云归。

2019年第12期

梅　里

【正宫·鹦鹉曲】左右山谷

老梅邀月山间住，薯拐酒板石铺。闲来时造访八哥，献上绿瓜红薯。【幺】小溪边笑语轻歌，穿破紫云白雾。问流花丽影仙踪，弄眼色云深想处。

2019年第12期

凌泽欣

黔东南入苗寨所遇

莫笑山姑歪扭扭,满头银饰叮当走。
摇摇摆摆舞蛮腰,扯扯拉拉牵小手。
要进苗家寨里门,先干牛角杯中酒。
才闻悠婉踏歌声,早见人拦三岔口。

2019年第12期

钟振振

登悉尼大桥观海日东升

一道钢梁束海腰,横空有客立中霄。
两三星火诗敲出,曙气红喷百丈潮。

2020年第1期

马　凯

游麦积山石窟（三首）

其一　悬窟

孤峰翠柏袅炉烟，绝壁悬窟挂半山。
幸有云梯腾紫气，扶摇送客觅飞天。

其二　石佛

飞天绕我舞翩跹，侧耳群佛共论禅。
秀骨清容兴北魏，唐丰宋润亦飘然。

其三　小沙弥

似开似闭目神传，欲翘还羞小嘴边。
蒙娜丽莎谁媲美，东方一笑早千年。

注：小沙弥，麦积山石窟第133窟中有一小沙弥塑像，童真无邪，笑容含蓄神秘，被誉为"东方的微笑"，比蒙娜丽莎早1200年。

2020年第1期

何　江

临清宛园

老埠新城水，悠悠毓鲁乡。

京南仍富庶，江北已沧桑。

百宝承文脉，三和沁墨香。

晚秋生古韵，齐郡也苏杭。

2020年第1期

唐双宁

黄　河

率性黄河天水降，昆仑提斗向东流。

宣铺大地能图画，乐奏狂涛可放喉。

随意挥来皆是景，纵情洗去尽为愁。

功名不计终归海，从此修来大自由。

2020年第1期

崔杏花

植 树

为爱山居不染尘，试锄荒草种成春。

翻来屋后庭前地，要做花间树下人。

啼鸟声中能自静，清风径里好怡神。

看他逐日添幽趣，绿到心头最可亲。

2020年第1期

孔祥庚

浣溪沙·玉溪高古楼

一上云梯慧眼开，乾坤万象八方来。哇家正道接天台。

自古名楼非盛大，至今此地有高才。神留茶马老官街。

2020年第2期

赵润田

游菏泽牡丹园

灿灿皇城富贵花,鲁西甘伴苦生涯。
天公借我神仙术,幸福移栽百姓家。

2020年第3期

成文生

六盘山下

萌芽寒欲尽,啼鸟总迟来。
招惹春羞态,数枝榆叶梅。

2020年第3期

郭羊成

雄安白洋淀

滹沱永定生，积淀汇澄泓。
势与连天际，汪洋浩淼情。

2020年第3期

蒋定之

满庭芳

宿无锡湖滨饭店。佳丽地。能不忆当年整治蠡湖？退渔退田还湖，还太湖美，复蠡湖秀，壮士断腕也。感而作。

千步长廊，百花点缀，雨收烟树苍苍。一风吹过，兰径发幽香。水打汀洲浅处，微涟漪，白鹭舟旁。更堪那，石桥疏影，对浴看鸳鸯。　　泱泱。曾记否？当年浊界，浑水渔乡。一朝指红旗，铁骨担纲。翻得蠡湖紫气，织锦绣，换了星霜。他年事，闲云归去，回首话斜阳。

2020年第3期

温　瑞

田家即事

庭前新廪满，鸡犬隔柴扉。

雪柳风摇瘦，窗花霜结肥。

菜酸乡味特，炉热酒香飞。

童戏冰溪上，炊烟唤不归。

2020年第3期

邢建建

黄河口

来天涯后向天涯，两岸芦花似雪花。

水散平芜三百里，田肥沧海万千家。

2020年第3期

王晓春

【中吕·山坡羊】菜园劳作

清香围定，蒿莱除净，平生碌碌知天命。听蛙鸣，看枝荣，霞光云朵添诗兴。黄绿赤橙多异景。花，合个影；瓜，合个影。

2020年第4期

周文彰

五指山

昂然屹立耸云霄，五柱擎天任摆摇。
暴雨淋漓涵绿叶，狂风酣畅练青腰。
朝来巡看瑶池水，夜起扶攀喜鹊桥。
斗转星移情未去，颜如碧玉更妖娆。

2020年第5期

冉长春

宣汉马渡关李依若故居旁水塘

一水碧荧荧，微风拂柳汀。
浑如西子睫，扑簌向人青。

2020年第5期

楚家冲

湘　西

深壑弥岚峻岭烟，时飘时驻掩高天。
鸡鸣谷响地天应，霞落溪彤云水妍。
路带飞车绕山际，木楼吊脚挂峰巅。
人仙若许通来往，摘取月牙当渡船。

2020年第5期

罗金龙

沈 园

误人到底是情场,梦断香消意未央。
省识放翁豪宕气,凄然一曲写回肠。

2020年第5期

刘爱红

登五指峰

五指云横卷翠浓,千山飞渡履从容。
百龄同约春秋老,十垄烟霞抱此峰。

2020年第6期

李荣聪

游牛卯坪新村

黛瓦灰墙一溜新，农家乐里客盈门。
谁知欢笑迎宾女，原是深山背篓人。

2020年第6期

邹积慧

三亚河畔

桥作长虹饮碧川，清波入梦自潺湲。
晨来耳畔啼千鸟，日落眸中归百帆。
最喜风轻椰袅袅，犹怜月皎柳娟娟。
凭窗总觉情难已，一敞诗怀向海天。

2020年第7期

吴兰卿

国际慢城南京高淳

悦目徽风韵，分明一水乡。
茶菁傍曲径，叶细漏竹光。
檐角炊烟袅，城衢古木香。
更兼春雨糯，遍润菜花黄。

2020年第7期

孟建国

鹧鸪天·巴山深处

万山深处路迢迢，残照依依下树梢。一江曲折波生趣，几处烟村房傍河。　　风润润，鸟呵呵，接天绿树尽婆娑。涧边搭座茅庵住，胜过长安那个窝。

2020年第8期

孙义福

引黄济青工程

青岛如仙境，娇容自不同。
一龙三秩舞，万众四方兴。
碧浪摇云影，闲凫戏海风。
波光流未断，点点总关情。

2020年第10期

李元洛

山溪问答

山溪何事出山忙？闻道风光在远方。
识尽人间千百态，方知山是好家乡！

2020年第10期

荀德麟

谒杜甫陵园

不访嵩山与洛城,北邙荒径拜先生。

丘冈土掩葱茏柏,风雨碑铭浩瀚声。

漂泊沙鸥天地共,流离吟简典坟赓。

诗坛赫赫知多少?我到陵前汗自倾。

2020年第10期

李赞军

月牙泉

荒沙大漠碧云天,谁引瑶池到此间。

翠柳柔枝环抱处,一弯明月是清泉。

2020年第11期

胡　宁

临江仙·骆驼刺

　　阅历炎凉知苦极，风刀更割年年。沙洲荒陌寂寥天。因生而努力，有绿出心田。　　莫道无情存锐利，山僧兀坐枯禅。凌寒倍瘦月新弯。一蓬堆任意，一撮半含烟。

2020年第11期

郑　欣

月牙泉写意

玉门万里归来后，濯洗心情照月牙。
满腹凌云拿日志，半留疆场半成沙。

2020年第11期

杨鹏飞

夏夜城郊行

楼高挤尽稻香情，消暑夜宜乡野行。
掬把星光随斗转，摘枝荔果带蝉鸣。
东风疑向篁根隐，清气知从陌上生。
绥水春蛙何在此，今宵肯共我回城？

2020年第12期

张亚东

游湘湖

桥接绿柳山迷雾，碧水柔柔细雨纷。
舟畔一只白鹭过，唤出静坐画中人。

2021年第1期

李伟亮

临江仙·庚子秋游湘湖

秋水长堤远卧，秋风画舫徐行。藕芳桥外雨初停。一篙山色里，一种旧心情。　　与有缘人闲话，真无碍处忘形。转头已过小廊亭。忽看江鹭白，划破越堤青。

2021年第1期

李　洋

山　中

深山眠古刹，危石冷青苔。
林涧空潭处，花随一念开。

2021年第1期

倪健民

西湖柳浪闻莺

清波门外柳洲亭,春去春来又踏青。
婉转流莺啼不住,声声诉与落花听。

2021年第1期

南彦龙

宝鸡峡

婉转虹霓出古原,推波势在挽狂澜。
潮头却望千帆渡,情系蓬莱碧海间。

2021年第1期

林建华

兰陵压油沟

迈步新村梦幻川,画廊十里丽光鲜。
返乡游子心迷乱,还认山前那眼泉。

2021年第1期

孙和平

巴山古渡

古渡轻舟一线牵,那风那雨阻舷边。
山中多少往来客,陪笑艄翁递杆烟。

2021年第1期

阎兆万

耕田翁

眉上川成褶子沟,耕风犁雨似黄牛。
负薪踏破三冬雪,作茧磨平两鬓秋。
金菊连棚迷醉眼,青瓜盈市亮歌喉。
儿孙岁岁来相问,偏爱秧禾满绿畴。

2021年第2期

胡占凡

忆秦娥·过瓜州古渡

运河暮,金风又过瓜州渡。瓜州渡,隋堤难老,流波难住。　锦帆已作千年木,金山寺鼓声如故。声如故,斜晖还照,邗沟余土。

2021年第2期

江合友

滹沱午后遇雨

晴阴颇不定，霭浪越西阿。
日照金池水，风翻绿苇波。
花梢飞燕子，雨点打沙窝。
一霎都吹散，红霞若许多。

李创国

再游临高角

涛声日色尚依然，重访英魂到岬边。
寂寞旧碑藏碧树，精诚浩气贯长天。
时人但惑铜钱臭，壮士谁歌铁骨坚？
仰望苍冥心似海，欲将吾血荐先贤。

张智深

登钱塘江六合塔

九重天外大江开，吞吐乾坤何壮哉。
雪涌千钧惊海啸，潮轰万马过山来。
空楼月冷王侯梦，芳草春深烈士哀。
终古云涛成一曲，群峰为我作歌台。

2021年第3期

郭顺敏

巨淀湖游记

水墨浓情宕不开，一帧飞上小竹排。
耽诗未近芦花雪，便有清风带句来。

2021年第3期

李葆国

重访雁荡大龙湫抒怀

十年一剑淬犹磨,雨后龙湫雷作歌。

寒浣星云腾白马,暖生珠玉泻银河。

宁将浩气涤尘瘦,不教清流遗憾多。

笑看瀑边花竞放,从容倾注未蹉跎。

胡长虹

秋　稻

遥见单衫客,挥镰背影青。

哗来风作浪,啄罢鹳梳翎。

糊口全年计,登仓一室馨。

斜阳童拾穗,感动忆曾经。

王志伟

山村见农家小摊

花生带土韭芹鲜,草帽遮阳坐道边。
山里人家无所有,大筐小篓卖秋天。

2021年第4期

何　革

肖家寨桃园

露沁霜敷绝可怜,红堆玛瑙绿堆烟。
知他不是瑶池物,也欲层层种上天。

2021年第5期

金　旺

重过栖霞燕地河大桥

二十年前到此桥，家山遥望路迢迢。

流干泗水萱堂泪，吹断登州客子箫。

幸借溪头泉一眼，方垂堤上柳千条。

清波不共朱颜老，犹向冰心涌浪潮。

2021年第5期

陈正印

游凤湖公园

平邑锦章古，北塘新作笺。

浚湖成地利，造境合天然。

鹭起画生趣，亭幽谁弄弦。

忽思濠上乐，原不待言诠。

2021年第5期

汪冬霖

登刘公岛旗顶山炮台

百年回溯鉴纤毫,战气腾空九丈高。
不忍创痕牵痛辱,哪堪锈渍蚀旌旄。
秋眸谒敬英雄舰,铁血磋磨壮士刀。
向海森森昂炮口,忠魂犹在镇惊涛。

2021年第5期

李　涛

【仙吕宫·一半儿】陕北农家夏景

圪梁绕过再翻沟,箪食壶浆又唤狗。挂锸肩犁牵上牛,信天游,一半儿哼哼一半儿吼。

2021年第5期

金 中

镰仓文学馆庭园即景

灌木雍容欧陆姿,海洋宁静似庭池。

丰腴裸妇石雕像,细细黄昏雨打湿。

2021年第6期

王国钦

宁夏中华黄河楼

疑是平川起蜃楼,风光两岸画中收。

君言九曲如龙舞,我引黄河心上流。

2021年第6期

樊　令

水调歌头·斤岭古道

秋事已如许，木落四山空。疏疏人过竹隙，枫冷挂残红。俯仰天连斜栈，回首苔封狠石，杖履点云丛。高处一舒啸，客袂满天风。　　斜阳断，鸦阵乱，过千峰。寻仙尽日不见，使我独形容。为问女萝山鬼，知否人间换世，不语立苍松。又唤清愁起，上界打霜钟。

2021年第7期

璐雨诗

行香子·庐山锦绣谷

雾敛霞衔，秋老云谙。穿幽谷，步步烟岚。松涛左右，雁阵西南。有几峰迎，几峰让，几峰潜。　　天桥指路，吕洞遗坛。摩崖书，十不知三。匡山高古，妙境当参。是一炉烟，一钩月，一江帆。

2021年第7期

秋　枫

家　乡

啼落鸡声破晓星，鹅黄初染柳条轻。
回眸小院炊烟起，放眼南坡天尚明。

2021年第7期

赵忠亮

春雨后作

细雨如丝洗旧尘，枝头又占一分春。
沿河嫩柳青云近，娱客疏篱绿影新。
更待桃香添艳丽，犹怜诗绪有精神。
暖风已赴江乡约，岂独村醪可醉人。

2021年第7期

李建春

游河津龙门

一琴一卷伴歌谣,鱼跳龙门梦月邀。
地起横空林突兀,船行逆浪石嶕峣。
眼中山骨谁相问,云外诗魂我欲招。
顺着黄河寻大禹,计求治水赶春潮。

2021年第8期

周兴海

插秧后

千亩粮田颇壮观,栽时容易护时难。
农民也设空城计,培养草人当保安。

2021年第9期

黄　湾

桃　花

闻香早已醉三分，山寺初开不二门。
一夜春风谁与共，今宵梦里有诗存。

2021年第9期

张谷一

九鲤湖寻梦记

仙游寻梦碧云边，满眼银龙生紫烟。
真君羽化归何处，跨鲤飞升入九天。

2021年第9期

蔡　竞

梓潼长卿山下首宿"两弹城"专家旧居

落日空庭噪暮鸦，窗前独放旧时花。
一身埋隐清幽处，树笼孤城即是家。

2021年第10期

李福祥

【中吕·普天乐】乡村生态修复

铲平废弃旧灰窑，封堵停产煤坑道，取缔违规铁厂，整治污染沟壕。修了路与渠，种了花和草，古老村庄呈新貌。看今朝，环境达标：山坡赋彩，河流变俏，禽鸟逍遥。

2021年第10期